Where Has My Butter Gone?

バターはどこへ溶けた?

ディーン・リップルウッド
Dean Ripplewood
吉沢深雪【イラスト】

道出版

バターはどこへ溶けた?

上善は水の如し。
水は善く万物を利して而《しか》も争わず。

老子第八章

浅薄山諦念寺《せんぱくざんていねんじ》　流心和尚による裏話

この『バターはどこへ溶けた？』の裏話を書いている今、私はやれやれという気分である。なにも本にすることはないのである。話の内容もたいしたことはないし、第一、これくらいの話は適当にいくらでも作れる。さしてありがたいものではないのである。現に、これだってきのう私がちょちょっと……いや、失礼失礼。

私がこの物語にはじめて出会ったのは……まあ、細かいことはどうでもよい。たしか数十年前のことだったと思う。それ以来、思い出したことなど一度もなかったのだが、なにやら似たような話が世のなかに出まわっておると聞いて、二匹目のどじょう……いや、世の人の助けとなればと思い、今回、ご紹介の運びとなったわけである。

さて、この物語には、二匹のネコと二匹のキツネが登場する。彼らがバターをめぐって、すったもんだするのである。ネコにとってのバター、キツネにとってのバター、バターにはちがいないのであるが、気持ちひとつでどうにでも変わるのだ、というところを読んでほしい。

そして、すったもんだの世のなかに、やはりすったりもんだりしながら生きている私たち人間も、気持ちの持ちようで幸福にも不幸にもなり得るのだ、という当たり前の真理を今一度、かみしめてもらいたい。

よく考えれば、この物語は悟りへの道の第一歩といえなくもないような気がする。

世のなかは、幸か不幸か移りゆく。前にすすむ者もいれば、そこへとどまる者もいる。前にすすむ者が、とどまっている者を見ると、ずいぶんと臆病に見えることだろう。しかし、それはあまりに一方的なものの見方だ。立ち止まっているように見えても、内なる苦しみと向き合い、逃げることなく立ち向かっていることだってある。

たしかに、走りつづけている者は、かっこよく見えるかもしれない。しかし、それは修行が足りないだけのことだ。古来、走りまわって、悟りを開いた者はおらん。釈尊《しゃくそん》を見よ。達磨《だるま》を見よ。みな心静かにすわっていたではないか。

実際の生活のなかで、この物語のおかげで救われたという人を私はまだ知らない。しかし、これも修行になるかと思い、先日、うちの従業員……失礼、うちの修行僧たちに話してみた。すると、どうだ。今朝の読経《どきょう》にはだれも来ん。みんな、床のなかにとどまり、悟りへの第一歩を踏み出していたのだろう。

この物語をこれから読む人も、きっとこんなふうになることだろう。でも、それは大切なことである。走るのに、いや、走らされるのに疲れたら、休めばいいのである。時間を気にせずゆっくり眠って、晴れていたら鳥の声で目をさまし、雨だったら雨音で目をさまし、新聞も読まず、テレビも見ず、なにもしないでいるといい。きっと、なにかが見えてくるはずだ。そのなにかを大切にすればいい。

世はせわしなく、一時も気の休まることなどない。そんななか、しゃにむに走りつづけておるお方も多かろう。「世のなか、勝つか負けるか。……ならば勝つべし!」もし、これを読んどるあなたもそう思っておるのなら、ぜひともこの物語に目を通すとよい。変化だの目標だのという言葉に振りまわされておる自分が、いかに小さいかということに気づくはずだ。

勝つか負けるかなどという、童子のかけっこのごとき強がりを捨て、おのれを見つめ直すためには、このつまらぬ物語もひょっとしたら役に立つかもしれない。

そもそも、この物語は寓話である。ネコとキツネとバターの単純な寓話である。読みすすめればわかると思うが、その物語をわざわざ議論しようという面々が、本編の前と後に一応登場する。さて、できるもんならやってみろ。

いずれにせよ、本書はくり返して読むのにたえられるようには書かれていない。一度読んだら、どこかにうっちゃってもらえればありがたい。

南無阿弥陀仏《なむあみだぶつ》。南無阿弥陀仏。

流心

平成十三年、ロスにて

ある集まり　ひなびた港町で

すっかりひなびた港町。いつもは静かなこの町に、めずらしく人々の歓声がひびいていた。どうやら、久々の同窓会のようだ。

この町からは毎年、多くの若者が就職、進学とともに都会に出ていく。かつての友人たちと顔を合わすのも、何年かぶりである。

高校のときはおてんばで有名だった好子がいった。

「最近、世のなか世知辛くなっちゃって、ここでのんびり暮らしてたころがなつかしいわね」

「たしかにね」健二もいった。彼は有名大学に進学し、今では外資系企業の課長にまで昇進している。まさに、クラスの出世頭である。

その彼が、好子の意見に賛成したことが、その場の人間には少し意外だった。

「俺も今まで仕事一筋でやってきて、最近これでよかったのかなって思うことがよくあるよ。でもそれも一時の気の迷いなのかもしれないけどね」

「へー、健二でもそんな悩みがあるんだ」

大阪で就職し、いまだに独身を貫きながらキャリアウーマンをやっている聡美がいった。

「私も、男に負けじとがんばってきたけど、ずうっと虚勢をはってきた部分もあるわ。でも、それってしかたないことなんじゃない？」

「そんなこといってるから、いつまでたっても嫁にいけねえんだよ！」

町に残って漁師をやっている孝造が、酔っぱらった勢いで聡美をからかった。

旧友との再会で、みんないつもより素直になっているのか、ふだんは人に話すことがないような悩みまでもさらけ出していた。

そんななか、むかしから読書家の剛史が口を開いた。

「がむしゃらに出世やお金を追いかける生き方って、やっぱりどこかで無理が出ちゃうよね。突然苦しくなったり、さびしくなったり」

「でも……」剛史はつづけた。「ちょっとおもしろい物語を読んで、そんな気持ちが楽になったよ」

「どんなふうに？」好子が聞いた。

「その物語のおかげで、幸せとはなにかってことに対しての見方が大きく変わったんだよ。幸せは自分で勝ち取るものだって思ってたけど、実はそうじゃなくて、幸せはどこにでもあるものなんだってことがわかったね。それからは、たちまち物事がうまくいくようになったんだ。仕事でも生活でも」

「えー！　それってどんな話なの？」興味津々の聡美は剛史に迫った。

「話自体はたいしたものじゃない。まるで子供向けの物語で、むずかしいことはいってないんだ。でも、その話を読んでみると、いかに自分が物事の本質にふれていなかったかということがわかったね。職場のみんなにも勧めたんだけど、ウチの会社って変にアメリカかぶれしているヤツが多くって……自分で自分の未来を切り開くんだ！　って目の色変えていわれちゃうから、勧めようがないよね」

「私の職場とあんまり変わらないわね。そういう人ばっかりで、いつも肩こっちゃうのよね。でも、やっぱりまわりに合わせて私もがんばってしまうの」

東京でＯＬをやっている好子も同じような悩みをかかえている。

「あの話が、目標に向かってただ走るだけの毎日がなんてむなしいんだ、と気づかせてくれたよ」剛史は一人うなずきながらそういった。

「なんだか、そんな意味深なふられかたされると、聞かないわけにはいかないな」健二がいった。

「それ、なんて話なんだ?」酔いのまわった孝造も、会話に入りたいらしい。

「『バターはどこへ溶けた?』って話なんだ」

「なんだか、どこかで聞いたことがあるような……」健二がいった。

「せっかくだから、ここでその話を聞かせてよ」聡美がいった。

「よし、じゃあせっかくだから話すとしよう。短い話だから、まあ、酒のさかなにでもしてくれよ」剛史は目をつむって語りはじめた。

物語　バターはどこへ溶けた?

むかしむかし、あるところに、二匹のキツネと二匹のネコが住んでいた。二匹のキツネは、「マイケル」と「ジョニー」という名でよばれていた。一方ネコの名前は「タマ」と「ミケ」だった。

彼らの関心事はバターであった。ここではバターはいちばんのごちそうであった。だからバターは彼らにとってすべての幸せだと信じられていた。

キツネとネコは毎日、森に出かけていった。キツネはキツネのバターのために。ネコはネコのバターのために。

マイケルとジョニーはキツネである。人をだませるだけの優秀な頭脳もあるし、一日中森を走りまわるだけの体力もある。自分たちはバターを探すために生まれてきたのだと自負していた。

タマとミケはネコである。めんどうなことは大嫌いで、ひねもすゴロゴロとしていたかったが、ゴロゴロしていても腹だけは減る。しかたなしにバターを求めて、森のなかを歩きまわっていた。歩きまわりながらもネコはいつも思っていた。

「バターの方からきてくれればいいのに」

こんなふうに思いながら、ネコたちもバターを探して、森のなかを〝一応〟歩いた。

このようにキツネとネコはちがっていたが、バターを探しにいくときは、おたがいに協力して森のなかに入っていった。内心キツネは「ネコなんかに見つけられるはずがない」と思っていた。ネコはネコで「きっとキツネが見つけてくれるだろう」と思っていた。

もともと、協力してバターを探そうと声をかけてきたのはキツネの方だった。キツネたちがここにやってきたのはつい最近のことである。うわさでは、キツネたちはバターを求めて、各地を転々としているらしい。それで、今度はこの森のバターを手に入れるために、ここへやってきたというわけだ。

キツネたちのやり方は周到だ。まず、その森にくわしい動物に協力を求める。そして、首尾よくバターが見つかれば、よくまわる頭脳とよく動く口を駆使して、わずかな分け前だけを相手に渡して、大半は自分たちのものにしてしまうのである。

キツネたちは、この自分たちのやり方にゆるぎない自信を持っていた。しかし、今回は……ネコだ。相手が悪い。

それでも、この森のどこかに大好きなバターが落ちていて、そこにたどり着きさえすれば、念願のバターを、幸せを、手に入れられることになっていたから、キツネとネコはおたがい協力しながらバターを探した。

マイケルとジョニーはキツネである。持ち前の頭脳と体力を最大限に生かしながらバターを探した。マイケルはよくきく鼻でバターのありそうな場所をかぎつける。ジョニーは地図に印をつける。夜にはその地図を広げ、バターのありそうな場所の見当をつける。朝になると森にもどり、また、臭いをかいでは印をつけ、印をつけては臭いをかぐ。これがキツネのやり方であった。

タマとミケはネコである。さすがにネコらしく、気まぐれでなにをやってもつづかない。十分探してはすぐあきてしまい、草むらで見つけた虫で遊んだり、寝っ転がってのどをゴロゴロと鳴らしたりしていた。のどが鳴りはじめたら眠くなる。もうそうなると、バターのことなどどうでもよくなってしまうのであった。

それでも、ある日、彼らはとうとう探していたものを見つけた。「池のほとりの白いペンションション」の玄関先に大きなバターを見つけたのだ。それは、だれでもないマイケルとジョニーとタマとミケのバターであった。

キツネたちは「俺たちが先に見つけたんだ！」といい張った。ネコはそれでいいと思った。だれが先に見つけようが、ネコにとってはたいしたことではなかったのである。

それからは毎日、キツネもネコもそのペンションに向かった。

マイケルとジョニーは毎朝、早起きをして森へ急いだ。自分たちが通る道には目印がつけられ、迷うことはなかった。そして目的地に着くと、わき目も振らずひたすらバターをなめた。それがキツネたちの日課になった。

タマとミケもはじめのうちは毎朝、池のほとりのペンションに急ぎ、久々にありついたごちそうに舌鼓を打った。なまけ者にもうまいものはうまいのである。ところがそこはネコである。そんな勤勉な日々がつづくはずもない。十日もたたないうちに、お日さまが高くなるころになってようやく目をさまし、ぶらぶら歩いて池のほとりへいくようになったのだ。どのみちバターのある場所も行き方もわかっているのだし、バターは勝手に逃げやしない。ゆっくりたっぷり楽しんだほうがいい。なまけることがネコたちの日課になった。

バターがどこからくるのか、だれが置いていくのかはわからなかった。ただそこにあるのが当然のことになっていた。

タマとミケは毎日、池のほとりのペンションに着くと、寝っ転がり、体を伸ばしたり縮めたりしてくつろいだ。バターが見つかったので、安心して「なまけ道《どう》」に精進《しょうじん》できた。自分たちがネコ本来の姿でいられることがなによりも幸せであった。

まもなくタマとミケは、なんの疑いもなくそのバターを自分たちネコがネコらしく生きるために与えられたものだと考えるようになった。自分たちのものである以上、わざわざ通ってくることもない。そう考えた二匹は近くに引っ越してきた。「池のほとりの白いペンション」のネコになったのである。

タマはこの満ち足りた気持ちをどうにか言葉にしたいと思い、壁に格言を書こうとしたが、めんどうくさいので頭のなかでこういった。

バターがなくても幸せ
バターがあればもっと幸せ

タマとミケは池のほとりの自分たちのペンションに友だちのネコをよくつれてきた。山のようなバターの前で、楽しそうに二言三言かけ合いをした後、二匹は声高らかにいった。

「さあみんな、心ゆくまで楽しもう！」

日がたつにつれ、その「みんな」はどんどん増えていったが、タマもミケも気にならなかった。それどころか、こうして過ごす毎日が楽しくてしようがなかった。

こんな日々がかなりつづいた。

ところが、ある朝、キツネたちが「例の場所」にいってみると、バターがなくなっていた。

「バターがないぞ！」マイケルがいった。

「いったいどこへいってしまったんだ？」

バターを見つけてすぐのころ、ネコのことなど気にならなかった。バターがたくさんあったからだ。しかし、日がたつにつれ、バターは少しずつではあるがたしかに減っていった。その上、ネコが仲間を大勢つれてくるものだから、ここのところとくにそれが目についていた。もちろん、キツネたちもそれを黙って見ていたわけではなかった。

「おまえらが部外者なんかつれてくるからだ」

頭にきたキツネのジョニーが、ネコのタマに詰め寄ることが何度もあった。でも、そのたびごとにタマのいうことはいつも同じだった。

「バターなんて、いや、この世のものはみんないつかはなくなるもんさ」

相変わらず、ネコはネコ、タマはタマだった。

バター探しは、とても骨のおれる作業だった。その上、キツネたちにとっては、バターは毎日の食料として以上の意味があった。彼らにとって、バターとはいつも目指すべき「幸福」そのものであった。いい換えれば、「野心」であった。自分たちを優秀だと信じているものにとって、「野心」はまさしくアイデンティティーであった。

キツネたちは行動がはやい。バターが、幸福が、そして野心がなくなってしまったのであれば、新たにそれを探さなければならない。バターがなくなったことをとやかくいっているひまはないのである。

動物のなかでも「インテリ派エリート」で通っているキツネは、つねに上昇志向だ。行動し、努力し、目標を達成することに生きがいを感じている。

それに、人間でも動物でも同じことだが、上昇志向の者は猜疑心が強い。マイケルとジョニーもそういう性格だった。彼らの次なる目標は新しいバターを探すことだ。しかも、今度こそネコたちに気づかれないように。

キツネたちは、バターがなくなったのはネコたちのせいだと考えた。そのため、ネコたちに自分たちの幸福を奪われたような気がしてならなかった。

「やっぱりあのネコたちは信用できない」

これが、キツネたちの結論だった。

キツネたちは、その夜、緊急戦略会議を開いた。

「どこを探すか」

「どうやって探すか」

「どうやって守るか」

彼らの目下の関心はそれしかない。

そして翌朝、キツネのマイケルとジョニーはさっそく行動に出た。新しいバターを探しに出かけたのである。まったくたのもしいかぎりだ。

一方、タマとミケといったら、その日もやはり相も変わらず、ペンションで寝っ転がって伸びたり縮んだりをしている。きのうと同じようにそこにはバターはない。

「ほんとうになくなってしまったんだね」ミケがつぶやいた。

「ああ、なくなったね」タマが答えた。

不思議なことに、二匹ともそれほど驚きはしなかった。

キツネたちは、その猜疑心からつねにバターの動向を観察していた。一方タマとミケはそんなことは意にも介さずバターをなめていた。ネコたちにとって、バターはただおいしいバターであった。だから、バターがなくなっても、ネコはネコに変わりなかった。

タマは、バターがなくなってしまったのが当然のことのように、平然と壁に格言を書こうとしたが、やっぱりめんどうくさいので頭のなかで思うだけにした。

なくなったものはしかたがない

その次の日、タマとミケはやっぱり池のほとりのペンションにいた。ミケは、「もしかしたら、あのバターが以前のようにあるかもしれない」とひそかな期待をいだいていた。しかし、事態は変わっていなかった。バターはそこにはなかった。二匹のネコは何事もなかったかのように、いつもの伸びたり縮んだりをはじめた。

しかし、ミケは内心少し不安を感じていた。彼はネコには珍しく「努力」や「目標」といった言葉がきらいではなかった。いつもタマといるときは、そんなことおくびにも出さないが、実はキツネたちの行動力にひそかな憧れをいだいていた。

「彼らのようにかっこよくなりたい」と。

昼を少し過ぎたころ、ミケが突然つぶやいた。

「ところでマイケルとジョニーはどこにいったんだろう？　あいつら、バターがなくなったことについてなにか知ってるかも……」

「そうかもね」気持ちよさそうに日の光を全身に受けながら、タマは淡々と答えた。

「マイケルとジョニーを探して、バターのことを聞いてみないかい？」

ミケはタマを動かす理由がほしかった。ここにじっとしていてもらちがあかないと思ったからだ。

「なぜ？」

淡々と話すタマの様子は、まさにネコらしかった。しかし、「ネコらしくない」ミケにとっては、タマの言葉の一つ一つがじれったく聞こえた。

「ここにいてもどうにもならないよ。はやいところバターを探しにいこうじゃないか。この前もここを探し当てられたんだから、きっと今度もだいじょうぶだよ」

ほんとうにそう思っているわけではなかったが、なんとかしたいという焦りがミケを勇気づけた。

「どこにいってもどうにもならないよ。第一、この前だって別に探し当てたわけじゃないよ。たまたまここに、そう、ちょうど今、キミがいるあたりにバターがあっただけのことさ」

タマの淡々とした言葉を聞けば聞くほど、ミケはじれてくる。

「はやくいこう！　キツネたちに追いつくんだ！」

タマとミケがらちのあかないいい合いをしている間に、マイケルとジョニーは着々と探索をすすめていた。二匹は森の奥まで入り込み、バターのありそうな場所を徹底的に調査していった。彼らの頭には、新しいバターを見つけることしかなかった。

右も左もわからないこの森も、彼らにとっては、自分たちの成功のために用意された舞台だ。木々におおわれたこの深い森のどこかに、念願のバターがあるにちがいない。

目をらんらんと輝かせて森をうろつくキツネたちの前を、双子のリスが通りかかった。しまの入りよう、しっぽの巻きよう、二匹とも区別がつかないほどよく似ている。

「おや、キツネさん、この辺では見かけない顔だけど、どこにいくんですか?」

二匹のリスは、同じように右手をあげ、同じように左目をつむり、まったく同じ言葉を同時に話す。

――おっ、こいつは使えるかもしれないぞ……。

計算高いマイケルは、とっさにそう思った。

「いやあ、リスさん、私たちバターがこの辺にあるって聞いてやってきたんですが、探しているうちに道に迷ってしまって……」

気のいい双子のリスは、気の毒そうな顔をしてから、また二匹声をそろえていった。

「ああ、じゃあちょうどいい。実は僕たち、さっきあそこの山小屋で、大きなバターを見つけたんですよ。よかったら、いっしょにどうですか?」

――そら見ろ、俺のにらんだ通りだ!

マイケルは心のなかで膝を打った。自分の直感の鋭さが誇らしかった。

リスたちにつれられて向かった山小屋には、目を見張るばかりの巨大なバターがあった。

「おお、これはすごい!」

これには百戦錬磨のキツネたちも、さすがに驚きをかくせない。

「こんなに大きなバター、どうやって見つけたんですか?」

キツネは、他人の成功の秘けつは聞かないではいられない。

「いえ、別に探し当てたわけではないんです。僕たち、いつもこの近くでドングリを拾っているんですが、今日ここに、いつも通りやってきたら、この山小屋にたまたまバターがあった、というだけのことなんですよ」

双子のリスは自慢するふうでもなく、ほんとうのことを正直に話した。だが、この一言が、キツネたちのよこしまな心を刺激してしまった。

——探し当てたのでないなら、これは俺たちのものにしてもいいはずだ。

二匹のキツネは都合のいい解釈をした。

「ああ、なんてことだ！　このバター、腐ってる！　残念だけど、これは食べられないよ」

いつもより大げさに話すジョニーを双子のリスは申しわけなさそうに見ている。

「残念だけど、このバターはあきらめた方がいい。なんなら僕たちが処分しておいてあげようか？　まちがって食べたりしたら大変だからね」

しらじらしいマイケルの言葉を真に受けた双子のリスは、また声をそろえていった。

「ああ、それはありがたい。じゃあ、悪いけど、あとをよろしくお願いします」

だまされているなどとはこれっぽっちも思わない純粋なリスたちは、目の前のバターをあっさりとあきらめて、また森深くへと帰っていった。

「ははは、まったくちょろいもんだ！」

さっきまで気のいいキツネを演じていたジョニーは高笑いをした。

「こんなに大きなバター、今まで見たこともないぞ！」

すっかり気をよくしたマイケルは、大きなバターに、キツネらしい格言を書きつけた。

なんとかとはさみは使いよう!

キツネたちは、とうとう探していたものを見つけたのだ。大きな新しいバターを。新しい幸福を。新しい野心を。

バターの第一発見者である双子のリスはなんなく追い払った。もはや、キツネたちをじゃまするものはいない。

しばらくの間、キツネたちは目の前の大きなバターをじっくり味わうことにした。

一方、タマとミケは相変わらず池のほとりのペンションにいた。ミケはときどきキツネたちのことを考えた。「彼らのところにはまだバターがあるのだろうか。はたまた、彼らもきびしい事態になって、あてもなく森を走りまわっているのだろうか。でも、それもやがてはうまくいくにちがいない。ここにいるよりはましだ」

またときには、マイケルとジョニーが新しいバターを見つけ、たらふく食べているのではないかと思うこともあった。自分も森に出かけ、新鮮なバターを見つけられたらどんなにいいだろう。そのときの自分が目に見えるようだった。新しいバターを見つけて味わっている自分を想像するにつけ、ミケは、なんとしてもここを離れなければという気になった。

「出かけよう！」ふいに、彼は叫んだ。

「なぜ?」

相変わらずのタマの返事である。

「なぜって、探さないことにはバターを味わうことはできないんだよ。自分たちの力で未来を切り開くんだ!」

「なんのために? バターのためかい? それでまたバターがなくなれば未来を切り開くのかい? 未来っていうのはずいぶん切り開きやすいものなんだな」

そういわれると、ミケの森に出ていこうという決心もただの蛮勇のように思われた。

タマとミケの問答は毎日、相も変わらずつづいた。タマも相も変わらずタマだった。ミケは次第にいらいらするようになり、日に日に寝つきも悪くなっていった。

それでも、彼らは毎日、池のほとりのペンションにいた。

タマがいった。

「今日もいい天気だね」

じっとしていることが、もうとてもできそうにないミケはタマに提案した。

「このペンションのまわりを掘ってみたらどうだろう」

翌日から、ミケは地面を掘り返しだした。もとよりタマにはやる気がなく、いつものように伸びたり縮んだりをやっていたが、気が向いたときにはミケを手伝った。

何日か同じ作業をくり返したが、結局、土のなかからはミミズしか出てこなかった。それでもなぜか、タマは楽しそうだった。

ミケは、ただがむしゃらに動きまわっても成果があがるとはかぎらないことがわかった。また、いくら「だめもと」とわかっていても、やっぱり落胆するものだとも感じた。ミケはしばらくなにもしたくなくなった。

二匹のネコは、バターがなくなってから、満足なごちそうにありつけなかった。加えて、ミケはストレスで毎日がゆううつであった。一方、タマはというと、あくびをしては相も変わらず伸びたり縮んだりをやっている。

ミケは事態が変わるのをただ待っているだけの日々にたえ切れなくなってきた。バターがない状態が長引けばそれだけ、事態が悪化していくような気がした。

「このままではだめだ」

ミケはとうとう決心した。このペンションを離れ、新たにバターを探すことを。

出かけようとしているミケを見て、タマがいった。

「ほんとうにいくのかい？　なぜ？」

「ここにはもうバターがないからだよ」

「僕たちの人生にそんなにバターが大切なのかい？　あのバターに出会う前から僕は十分、ネコとして楽しかったよ」

たしかにタマのいう通りだった。あのころはバターがなくても、ないなりに楽しかった。

しかし、今はちがう。もうあのバターの美味を知った以上、忘れることなどできない。

もちろん、ミケにも森に入ることの不安がないわけではなかった。しかし、彼にはそれを打ち消すだけの想像力があった。目を閉じれば、森のなかに自分がいる。あのキツネのようにしっぽを風になびかせ、軽やかに疾走する自分が。自分にはふつうのネコにできないことをやりとげる力がある、そんな気がしてならなかった。

そして、その想像の先には栄光があった。山ほどのバターを前に誇らしげに立つ自分。手当たり次第にバターをなめる自分。なめるだけでは終わらない。バターごはん、バター刺し、バターカレー……そこにはキツネと同じ「幸福」があった。キツネと同じ「野心」があった。

尽きることのないミケの想像は、タマの大きなあくびの声で現実へと引きもどされた。ふと気づけば、ミケは依然として池のほとりのペンションに、バターのないペンションにいた。

ミケはたった今、自分が感じた「幸福」を、そして自分が手にした「野心」をタマに伝えたかった。しかし、タマはまたいつもの伸びたり縮んだりをやっていた。ミケは言葉をなくした。なんといっていいのかわからなかった。なんといってもタマはわかってくれないだろうと感じた。

ミケは、力強く宣言した。キツネどころか獅子の気分で。

「いよいよ出発だ」

タマは、森にバターを探しにいくミケの背中をさびしそうに見ながら、壁に格言を書こうとしたが、やっぱりめんどうくさいので頭のなかで思うだけにした。

うしろ姿はやっぱりネコだ

とうとうミケは、バター探しの旅に出てしまった。しかし、一人残されたタマはというと、相も変わらず寝っ転がって、伸びたり縮んだりをやっていた。それでも、よく晴れたあたたかい午後にはミケのことを思ったりした。

「ミケは不安から解放されただろうか。新たにバターを見つけて、『今度こそはなくさせるものか』とさらなる不安にさいなまれてはいないだろうか」

タマはミケのことが気がかりだった。この気持ちを言葉にしようと、壁に格言を書こうとしたが、どうしてもめんどうくさいので頭のなかで思うだけにした。

ほんとうの宝は、勝ち取るものではない
出会うものなのだ

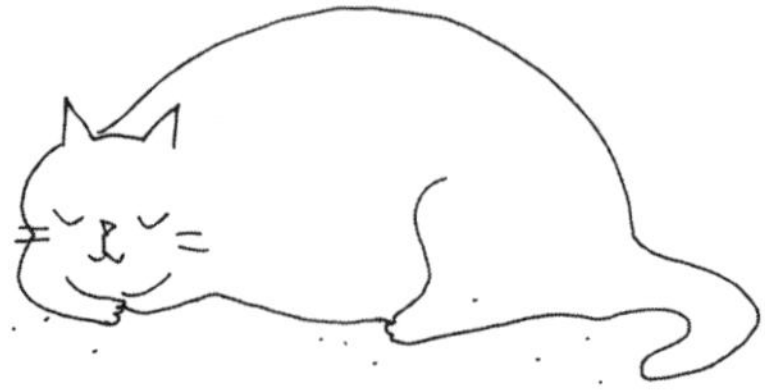

キツネたちのように、つねに積極的に行動するという生き方を、ネコのタマは理解できなかった。

「不安や怖れから逃げてはいけない」

これは、キツネのマイケルがよく口にしていた言葉だ。しかし、タマはこの言葉を耳にするたびに、こう思った。

——そもそも彼らは、なぜ不安なのだろう。なにを怖れるのだろう。それは、やっぱり、勝ち取ったものを失う不安ではないだろうか。奪い取ったものを奪われる恐怖ではないだろうか。だったら、追い求めなければいいのに。どんな幸福も自分でつかみとったのではなくて、だれかから与えられたと思えばいいのに。偶然に出会っただけだと思えばいいのに。そうすれば、なくて当たり前と思えるようになるのに。

タマには彼らがしゃにむに走っては、しゃにむに不安を追いかけているように思えた。

池のほとりのペンションを離れたミケは、孤独だった。空腹でもあった。ここ数日、ときおりバターらしきものを見つけることもあったが、それはあまりに少なく、なめてもバターの味がする前に口のなかから淡く消えてしまうほどだった。ミケはバターを見つけたかった。断じて見つけたかった。タマがびっくりしていつもの伸びたり縮んだりができなくなるくらいの大量のバターを見つけたかった。そしてタマに認めてもらいたかった。タマだけではない。エリートのキツネたちにも肩を並べたかった。

しかし、事態は思うようにいかない。森は、ネコのミケにとっては、まさに未知の世界であった。太い枝のある木を通り過ぎて、細い枝のある木を右に曲がり、花の咲いている木を左に曲がる。すると目の前にはまたまた太い枝の木がある。さてこの木はさっき見た木なのか、はたまた新しい別の木なのか……万事がこの調子で、ちっともうまくいかない。

時がむなしく過ぎていくにつれ、獅子の気分で旅に乗り出したミケの決意も、ネコ相応になえてきた。

「ほんとうにバターは見つかるのだろうか」

以前は、こんなこと日に一、二度くらいしか思わなかったが、このごろは、こんなふうに思わないときがないくらいである。

「バターのないあのペンションにじっとしているより、今の方がずっとましだ」

「キツネにできてネコにできないはずはない」

このような自分を励ます言葉も、今は思い出すのが腹立たしいくらいだった。ミケは、このいたたまれない気持ちを、どれも同じに見える不愉快な木に、なぐるように書きつけた。

夢をいだいているときの決意など
逆境にあってはもろいものだ

それからさらに数日たったが、ミケの努力は報われなかった。バターがありそうなロッジや山小屋を見つけても、すでに先客がいたのか、もしくははじめからなかったのか、どこにも探し求めているものはなかった。

このころ、ミケはがっかりするたびにむかしのことを思い出すようになった。あたたかな日の光を体いっぱいに浴びながらの昼寝、ネズミやバッタをつかまえて遊んだゲーム。そこにはいつもタマがいた。いっしょにいるときはあまり好きではなかった、タマのあの伸びたり縮んだりも今はなつかしくてしようがない。ふとミケの心にある言葉が浮かんだ。

かけがえのないもの……
ほんとうにつらいときに、
なにもなくなったときに、
だれもいなくなったときに、
心に浮かぶあたたかいもの

ミケはタマに会いたくなった。会って話したかった。昼寝もしたかった。タマの伸びたり縮んだりも見たかった。

そのときばかりは、バターのこともキツネのことも、どこか遠くへいってしまっていた。獅子の気分もどうでもよかった。ネコの気分で十分幸せだった。ミケはそのときの気持ちをどれも同じように美しく見える木に書きつけた。

ネコであることが
ネコの幸せである

そのころ、タマはというと、池のほとりのペンションで、相も変わらず伸びたり縮んだりをやっていた。そんな、ここでの相も変わらない生活が、今ではもうタマの一部になっていた。

雨の日はペンションのひさしの下で、落ちていく雨だれを見つめていた。晴れの日はペンションの玄関先で長くなっていく影を見つめていた。タマにはここは特別の場所であった。バターがなくなっても特別の場所だった。タマはこの場所への思いを言葉にしたいと思い、壁に格言を書こうとしたが、どうにもめんどうくさいので頭のなかで思うだけにした。

いつまでも変わらない
特別なことがある

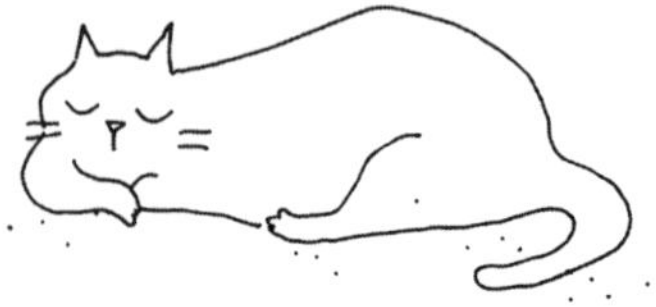

それでもあのバターがなくなってからずいぶんとたつ。おなかがグゥとなるときはさすがにバターの味が恋しくなる。けれども、タマはやっぱり池のほとりのペンションにいた。どこにもいかず、そこにいた。特別の場所だったからだ。

そういえば、ミケがいなくなってからというもの、タマはひとりで思索にふけることが多くなった。目を閉じて、時が静かに流れていくのを感じながら、頭に浮かぶあれやこれやを分析したり統合したりした。

もはや、「もの思う池のほとりの白いペンションのネコ」である。ここ数日間のテーマは「特別なこと」である。タマは自分で不思議だったのだ。なぜ自分にとって、この場所が特別なのかが。

――自分はここで生まれたわけでもない。ここで育ったわけでもない。ではなぜここがこんなに好きなのだろう？

思索はまだまだつづく。

――好き？ ほんとうに好きなのだろうか。もし好きだとすれば、いったいなににひかれているのだろう。バターか？ かつてはそうだったかもしれない。でも今となってはそれも当てはまらない。この白い建物か？ 別に自分の買ったものではない。池か？ 森か？ 草か？ 土か？

ここまで考えてタマは、目を開けた。自分の寝そべっているすぐ鼻先に蟻が行列を作っている。あくびを一つして、タマは再び目を閉じた。

「なんとなくだ。なんとなくここが好きなのだ。なんとなくここは特別なのだ」

タマはこの考えをだれかに伝えたいと思い、壁に格言を書こうとしたが、いまさらめんどうくさいので頭のなかで思うだけにした。

なんのわけもなく、
なんとなく好きというのが
きっと、
いちばん好きということなのだろう

そのころ、ミケはというと、やっぱり森のなかにいた。相変わらずごちそうにはありつけなかったが、タマのところに帰ろうと思ってからは不思議と気分は晴れやかだった。夜になると、寝心地のよさそうな木の根元に寝っ転がって、タマのことを思い出しながら目を閉じる。このごろは、前よりはよく眠れるようになった。そして、ある夜ミケは夢を見た。

そこにはタマがいた。相変わらず、伸びたり縮んだりをやっていた。それを見て、ミケは「ああ、帰ってきてよかった」と心底思った。その瞬間、タマが大きくなって二つになったと思ったら、それはキツネのマイケルとジョニーだった。マイケルはミケを意地悪そうに見つめてこういった。

「戻ってくると思ってたよ」

ジョニーがつづけた。

「お前にバターなんて見つけられるわけがない」

そして、二匹は声をそろえてこういった。

「やっぱりネコだ」

ミケは目をさました。気味の悪い嫌な汗をかいて、悔しさのあまり、体はぶるぶる震えている。ミケは誓った。いや叫んだ。

向上心のないネコは
ただのネコだ！

もう戻ることなどできなかった。自分のほんとうの気持ちなどなんの意味もなかった。ミケはきびすを返すと、森の奥へ奥へとただひたすらに走った。むかしの自分がなにか死んでしまったような気がした。タマとゴロゴロして過ごしたのが遠い遠いむかしのような気がした。そのタマとも、もう二度と会えないような気がした。ミケは走りながら叫んだ。

バターは生きがいだ
そのためなら死んでもいい

ミケの当てのない旅が、またはじまった。

日が昇り、日が沈み、そしてまた、日が昇り、日が沈んだ。ミケはもうネコには見えないほどやつれてしまっていた。それでもミケは走った。走りに走った。森のなかを東へ西へ。ミケをかり立てているものは、もう不安や焦りなどというものではなく、恐怖そのものだった。

「バターのためなら死んでもいい」

「バターのためなら死んでもいい」

いい知れぬ恐怖は、走っても走っても追いかけてくる。

バターを追いかけることは
恐怖に追いかけられることである

それは懺悔《ざんげ》の言葉だった。タマに対しての、そして、自分に対しての懺悔であった。ミケは立ち止まり、かたわらにあった岩の上に力なくすわり込んだ。

「僕はいつの間にこんなふうになってしまったのだろう。なんのためにこうしてここにいるのだろう。子ネコのころから、まわりの動物たちには、『努力して勝ち取れ』とか『負けるな、前へすすめ』とかいわれてきた。でも、失うものがあるとはだれも教えてくれなかった。そして、それがかけがえのないものであるかもしれないとはだれも教えてくれなかった」

ミケはかなしかった。涙が止まらなかった。そして、だれに伝えるでもなく、浮かんでくる言葉を地面に書きつけた。

「向上」や「前進」のために、
どれだけ大切なものをなくしたことか！

ミケはゆっくりと腰を上げ、また、とぼとぼと歩きはじめた。

「このまま歩きつづけよう。動けなくなって、なにも感じなくなるまで歩きつづけよう」

ミケは、覚悟をきめた。不思議と気持ちは前ほど重くはなかった。

そのとき、茂みの向こうから聞き覚えのある声が聞こえた。よく耳を澄ましてみると、キツネのマイケルとジョニーの声だ。ミケはその声の方へかけ出した。

「おーい、マイケル！　ジョニー！」

聞き覚えのある声に二匹のキツネは顔を見合わせた。

「ミケか？」

「あのミケか？」

ミケのあまりの変わりように、マイケルもジョニーも少なからずとまどった。しかし、二匹のキツネは、目の前のネコがミケとわかった瞬間、めくばせすることを忘れなかった。

そして、キツネたちの目が狡猾《こうかつ》に光った。

「久しぶりだね」

息を切らせながらミケがいうと、マイケルは、一度遠くを見やってから、

「やあ、こんなところでなにしてるんだい？」

と挨拶を返した。

「バターを、新しいバターを探しにきたんだけど……」

「そうかい、そりゃ大変だったね」

キツネたちは、ここ数日のミケの気持ちの変化など知るよしもない。ジョニーは、不敵な笑みを浮かべながらつづけた。

「でも、ここにも、この先にも、新しいバターはないようだよ。俺たちもさんざん探しまわったけれど、結局、なぁんにも見つからなかったよ」

「そう、やっぱり……」

ミケは静かにそういった。そして、もときた方へ、またとぼとぼと歩きはじめた。

力なくうつむきながら遠ざかっていくミケの後ろ姿を見て、マイケルとジョニーは笑いをこらえるのに必死だった。

「あの馬鹿ネコ、目の前にバターがあることも知らないでいっちまいやがった」

してやったりという表情で、マイケルがいった。

「今度のバターは俺たちだけのものだ。あんな泥棒ネコに渡すわけにはいかねぇ」

ジョニーもまた、したり顔だ。

キツネたちは、手に入れたバターを守ることしか頭になかった。まんまとミケをあしらって気分がよかった。

「さあ、俺たちのバターのところへいこうぜ」

キツネたちは振り返ると、バターのある山小屋へ一目散にかけ出した。

キツネたちは、バターを探し、バターを見つけ、バターを守っている。彼らは自分たちがバターを支配していることが誇らしかった。しかし、それはバターに支配されているのと同じことだった。

山小屋にたどり着いたキツネたちは、一心不乱にバターをなめはじめた。そのとき、マイケルとジョニーの背後に、大きな陰が近づいた。

ミケは、歩いていた。いくあてもなく、森のなかをただただ歩いていた。くる日も、くる日も。

そうしてどれくらいの時がたったろう。

あるとき、ふとミケは聞き覚えのある音に歩みを止めた。水の音だ。池の水の音だ。目の前の藪をかき分けて見ると、そこは池のほとりのペンションだった。

「タマ！　タマ！」

ミケは、無意識のうちに叫んだ。

そのときタマは、ペンションのなかで、いつもの伸びたり縮んだりをやっていたが、自分をよぶそのなつかしい声に思わずかけ出した。

「やっと戻ってきたんだね」

いつもより少しだけうれしそうな声でタマがいった。

「ねえ、どうしてペンションのなかから出てきたの？」

ミケは、タマの置かれている状況がわからなかった。

「さあ、いこう」

タマにうながされて、ミケはペンションの方へ歩き出した。タマについておそるおそるなかへ入ってみると、そこにはバターが、あの大好きなバターが、山のように皿の上に盛られていた。よく見ると、皿には「ＴＡＭＡ」と書いてある。そして、そのそばで、大きな二本足の生き物が手招きをしていた。

その生き物のところへかけ寄ってのどを鳴らしているタマを見て、ミケはすべてがわかったような気がした。

「キミにはこれが、このことがわかっていたの？」

「神様じゃないんだ。わかりゃしないよ」

「ねえ」

「なんだい？」

「もっと話そうよ。キミの話、もっと聞かせてよ。キミの考えていること、もっと教えてよ」

タマは、ゴホンと咳払いをして、いつになくまじめな顔をして、壁に格言を書こうとしたが、それでもやっぱりめんどうくさいので、頭のなかで思うだけに……いや、今度は聞かせたい相手がいる。口に出してこういった。

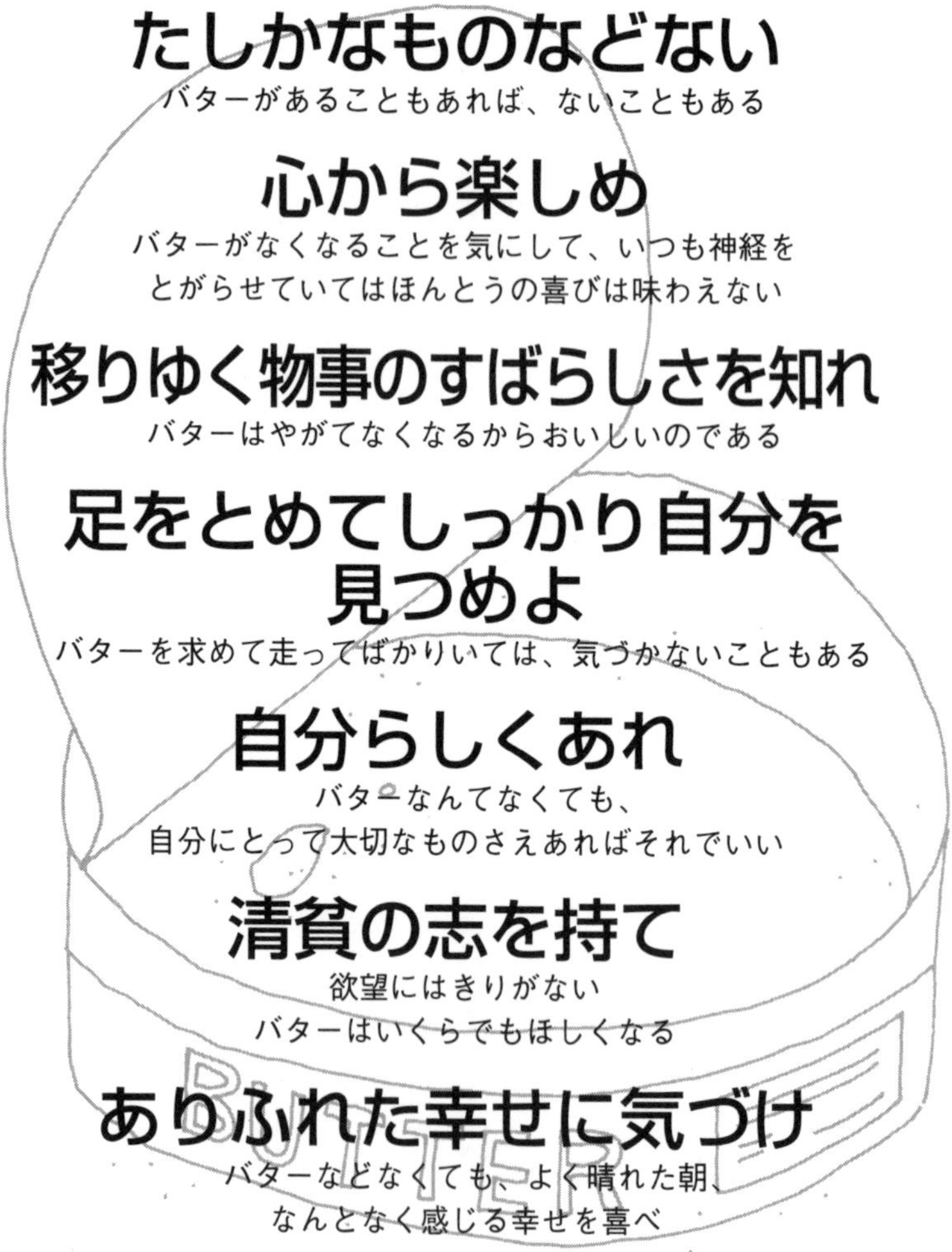

たしかなものなどない

バターがあることもあれば、ないこともある

心から楽しめ

バターがなくなることを気にして、いつも神経を
とがらせていてはほんとうの喜びは味わえない

移りゆく物事のすばらしさを知れ

バターはやがてなくなるからおいしいのである

足をとめてしっかり自分を見つめよ

バターを求めて走ってばかりいては、気づかないこともある

自分らしくあれ

バターなんてなくても、
自分にとって大切なものさえあればそれでいい

清貧の志を持て

欲望にはきりがない
バターはいくらでもほしくなる

ありふれた幸せに気づけ

バターなどなくても、よく晴れた朝、
なんとなく感じる幸せを喜べ

ミケは、なぜタマがいつも幸せそうに見えるのかわかったような気がした。ミケはタマの話がもっと聞きたかった。そのタマはというと、また相も変わらず伸びたり縮んだりをやっていた。

その日の夕方、池のほとりのペンションに、黒々と光る猟銃をかついだ二本足の生き物がやってきた。そして、このペンションの持ち主と何か話をしている。

「……まったく最近のキツネときたら、里まで降りてきて盗みを働きやがる。頭にきたから、ほれ、この通りよ。ガハハハハ……」

その高らかな笑い声は、ミケとタマの耳には入らなかった。彼らはふかふかのじゅうたんの上で丸くなっていた。ミケは、タマの夢を見ていた。タマは、昼寝をする夢を見ていた。

それでもバターが欲しい?

終わり

(終わりといえば終わり)

その後

散会

話を終えた剛史がまわりを見まわすと、みんな和やかな表情をしていた。それにみんなそれぞれに思うところがある様子だった。好子がいった。

「ミケじゃないけど、みんな、もっと話をしましょうよ」

「ねえ、そろそろ場所を変えない？」

聡美がそういうと、みんな賛成した。

一同は、そろそろと同窓会会場を後にした。

十分後、同窓生五人は、二次会の場所を探して、静かな夜道を歩いていた。公園の脇に差しかかったところで、健二が静かにいった。

「ここで別れよう」

「えっ？　なんで」

好子の問いはそこにいるみんなの問いであった。

「ここで別れよう」

同じ言葉をくり返した後、健二はつづけた。

「この話は……ちがうと思うんだ。そうやって話し合ったりするものじゃあないと思うんだ」

「どういうこと？」

聡美がたずねた。

「この話はそれぞれが思うことをいい合って、どうこうするものじゃなくて、それぞれが自分の心に問いかけるものなんじゃないだろうか。それに……」

健二はさらにつづけた。

「俺にも、あると思うんだ。その……特別なものが」

剛史が口を開いた。

「うん、意見を出し合って、話し合って……ディスカッションなんて陳腐なことかもな」

側を通った車のヘッドライトが暗闇の五人を照らし出す。

いつもより少し大げさに息を吸って、好子がいった。

「うん。ここで別れましょう」

明るい表情で聡美がつづけた。

「そうね。そしてまたいつか会いましょう」

同窓生五人は、おたがい挨拶を交わし、それぞれの道を歩いていった。その後、また一台、車が通り過ぎていった。

物語——ディーン・リップルウッド
金融ビジネスで大成功をおさめたのち、自分らしい生き方を求めて仏門に入る。長年の沈黙を破り、やむにやまれぬ気持ちから本書を執筆。法名は流心。

イラスト——吉沢深雪（よしざわ　みゆき）
手作り雑貨の提案や入浴法など、暮らしをテーマにしたイラスト＆エッセイで活躍中。
著著に『オレンジハートのつくりかた』(大和書房) など多数。
URL　http://www.miyukisha.co.jp/

バターはどこへ溶けた？

著　者————ディーン・リップルウッド
発行者————貴志元則
発行所————道出版株式会社
〒171-0014　東京都豊島区池袋2-37-1
池袋山口ビル３F
電話(03)5951-4661　Fax(03)5951-4657
印刷・製本——大日本印刷株式会社
振　替————00150-1-405398

ISBN4-944154-35-6　C0095
Printed in Japan 2001
E-mail:michisyuppan@nifty.com
定価と発行日はカバーに表示してあります。